DREIMAL TÄGLICH

Dreimal täglich

REZEPTE
VON
CURT GOETZ

DEUTSCHE VERLAGS-ANSTALT
STUTTGART

1.– 10. Tausend September	1964
11.– 15. Tausend Oktober	1964
16.– 25. Tausend November	1964
26.– 36. Tausend Dezember	1964
37.– 50. Tausend Januar	1965
51.– 70. Tausend Mai	1965
71.– 90. Tausend Mai	1966
91.–110. Tausend Dezember	1967
111.–130. Tausend Januar	1969
131.–140. Tausend November	1970
141.–150. Tausend Oktober	1971
151.–160. Tausend Mai	1973
161.–170. Tausend Oktober	1975
171.–180. Tausend Januar	1978
181.–190. Tausend April	1981

© Dimufidra Zürich/Schweiz
Einbandentwurf: Edgar Dambacher. Gesetzt aus der Monotype-Bembo.
Gesamtherstellung: Süddeutsche Verlagsanstalt und Druckerei GmbH,
Ludwigsburg
Printed in Germany. ISBN 3 421 01326 8

Lachen
ist die beste Medizin
gegen alles Übel in der Welt

Humor

Zieh' von einem Menschen seine Humorlosigkeit ab und rechne mit dem Rest!

Es war immer schon eine der ernstesten Fragen, was Humor eigentlich ist.

Humor ist, wenn man *trotzdem* lacht. Da es aber in unseren gesegneten Zeitläuften nichts gibt, was uns die Laune verderben kann, haben wir auch nichts, über das wir *trotzdem* lachen könnten. Also fehlt uns heutzutage die Voraussetzung für Humor. Es sei denn, daß man ihn *trotzdem* hat.

Humorlosigkeit ist Mangel an Herzensgüte und unheilbar.

Humor ist nicht erlernbar. Neben Geist und Witz setzt er vor allem ein großes Maß von Herzensgüte voraus, von Geduld, Nachsicht und Menschenliebe. Deshalb ist er so selten. — Aber man kann darum beten!

Lieber Gott, schenke mir die Gnade der Gabe, mich an einem Scherz zu freun, gib mir genug Sinn für Humor, daß ich sehe, wie klein und nichtig die Dinge sind, über die wir uns sorgen. Amen!

Witz kommt aus dem Verstand, Humor aus
dem Herzen.

Es gibt wenig Dinge, über die man nicht
spaßen darf. Zum Beispiel: der Spaß.

Gelehrt sind wir genug. Was uns fehlt, ist
Freude, was wir brauchen, ist Hoffnung, was
uns nottut, ist Zuversicht, und wonach wir
verschmachten, ist Frohsinn!

Wer mit Humor zu sterben verstünde, hätte
die höchste Stufe der Kultur erreicht.

Die einzigen Dinge, über die es sich lohnt, ernsthaft zu sprechen, sind lustige Dinge.

Dummheit

Keine Dummheit ist so groß, als daß sie nicht durch Beharrlichkeit noch größer werden könnte.

Wenn die Menschheit nur schlecht wäre - sie war es immer -, aber daß sie so *dumm* geworden ist, ist verdächtig! Sollte das Ende der Welt so nahe sein?

Man kann nicht behaupten, daß unsere Generation dümmer ist als die früheren. Man kann es nur vermuten.

Einen Gescheiten kann man überzeugen, einen Dummen muß man überreden.

Jeder Mann liebt ein gewisses Maß von Beschränktheit an der Frau. Manchmal aber erscheint sie ihm dann *zu* liebenswert.

Als Trottel dazustehen, wäre heutzutage nicht weiter auffallend. Denn wer in einem gewissen Alter nicht merkt, daß er von Dummköpfen umgeben ist, merkt es aus einem gewissen Grunde nicht.

Es gibt Leute, die so dumm sind, daß sie aus mir nicht klug werden. Zu diesen gehöre ich.

Nach dem Gesetz, daß ein Mittel gegen eine Krankheit immer dann gefunden wird, wenn sie ihren Höhepunkt erreicht hat, wenn sie schier unerträglich geworden ist, nach diesem Gesetz *muß* heute oder morgen die Mikrobe der menschlichen Dummheit gefunden werden. Wenn es gelingt, ein Serum gegen die Dummheit zu finden, diese entsetzlichste aller ansteckenden Krankheiten, dann wird es im Nu keine Kriege mehr geben, und an die Stelle der internationalen Diplomatie wird der gesunde Menschenverstand treten.

Die Errungenschaften der Wissenschaft haben wir zu keinem anderen Zwecke errungen, als um alles Errungene zu zerstören. *Das* ist das Dumme.

Politik

Man kann nicht bestreiten, daß Deutschland entsetzliche Dummheiten begangen hat, wenn man auch zugeben muß, daß es nach Not, Verzweiflung und Terror geschah. Man kann auch nicht bestreiten, daß andere Nationen entsetzliche Dummheiten begingen, wenn man auch zugeben muß, daß es dort ohne Not, ohne Verzweiflung und Terror geschah. Auf dieser Erkenntnis sollte man sich einigen gegen den gemeinsamen Feind, die Dummheit.

Politik ist etwas sehr Trauriges, aber man kann sie nicht ernst nehmen.

Gerechtigkeit ist das schlagende Herz der Welt. Und diesem Herzen hat die Politik einen Schlag versetzt, von dem es sich kaum wieder erholen kann.

»Quam deus perdere vult, dementat prius«! Daß Gott die Politiker, in deren Händen das Schicksal der Völker ruht, bereits verrückt gemacht *hat*, dürfte wohl keinem Zweifel unterliegen.

Wie wäre es, alle Politiker in einen zoologischen Garten zu stecken und aus dem Eintrittsgeld die Welt zu sanieren?

Wir wählen Regierungen, die unser Heim und unser Leben schützen sollen. Und dann müssen wir unser Heim verlassen und unser Leben geben, um diese Regierungen zu schützen.

Wenn die führenden Häupter der Völker und ihre Diplomaten in der vordersten Reihe kämpfen müßten, gäbe es keine Kriege mehr. Aber man kann nicht erwarten, daß die Menschheit auf eine so einfache Lösung kommt.

Ein guter Politiker wäre fast so unersetzlich wie ein gutes Dienstmädchen.

Man hat uns nicht gefragt, ob wir geboren zu werden wünschen. Es sieht verdammt so aus, als wollte man uns jetzt nicht fragen, ob wir zu sterben wünschen.

Nichts in der Welt ist gefährlicher als Phantasie und Beweglichkeit des Geistes, wie jeder Diplomat bestätigen wird.

»Alles muß anders werden«, und »Alles muß beim Alten bleiben«, ist derselbe Hemmschuh in der Politik.

Der Erfinder der Politik war zweifellos der Vogel Strauß.

Wenn es nur eine Stelle gäbe, wo man seinen Austritt aus dem Verein ehemaliger Menschen anmelden könnte!

Kein anständiger Mensch, der etwas auf sich hält, kann diese Zeit überleben.

Über Politik soll man schon deshalb nicht reden, weil es Appetitlicheres gibt auf dieser schönen Welt.

Unter den Schriftstellern hat es der Tragöde heutzutage leichter als der Humorist. Er braucht nur die Stimmung zu photographieren, in die ihn die Politiker versetzen. Wo aber soll der Humorist den vielen Rotwein hernehmen, ihr blödes Gefasel zu vergessen. Denn ihre Dummheit und Niedertracht ist so groß, daß man sich nicht einmal mehr über sie lustig machen kann.

In einer Welt, wo alles gleich gilt, wird alles bald gleich-gültig sein.

Ärger

Ärgern Sie sich nicht, wundern Sie sich bloß!
(Das Großartige an diesem Vorschlag ist die
Erkenntnis, daß man einen *Ersatz* haben muß,
wenn man sich das Ärgern abgewöhnen soll!)

Nichts ist unrentabler, als über Dinge nach-
zugrübeln, wie sie wären, wenn sie anders
wären! Es ist Zeit- und Energieverschwendung. Man hat vollauf genug damit zu tun,
über die Dinge nachzudenken, wie sie *sind*.

Der Kluge ärgert sich über die Dummheiten
die er machte, der Weise belächelt sie.

Malicen soll man überhören. Es ist christlicher. Und ärgert mehr.

Garnichts kann so schlimm sein, als wenn es noch einmal so schlimm wäre.

Ärgern ist Energieverschwendung.

Wenn unsere Nerven am Boden schleifen, trampeln die Menschen erst recht auf ihnen herum.

Neid

Nicht das Geld, der Neid regiert die Welt.

Armut ist keine Schande. Reichtum auch nicht.

Um Geld verachten zu können, muß man es haben.

Der Neid macht Kleines groß, und aus Großen Kleine.

Dichter

Eine Geschichte schreibt man am besten, indem man mit dem Anfang beginnt, sie zu Ende führt, und dann sofort aufhört.

Der Gedanke, den wir aussprechen, gehört nicht mehr uns. Und wenn er nicht mehr uns gehört, können wir ihn nicht mehr verzärteln.

Bis man merkt, daß man leider eigentlich nicht schreiben kann, ist man so berühmt geworden, daß man es nicht mehr lassen kann.

Ich habe die modernen Dichter in Verdacht, daß sie Tragik mit Unglücksfällen verwechseln.

Der Unterschied zwischen einem Stückeschreiber und einem Dichter? Die Stückeschreiber können gewöhnlich nicht dichten. Und die Dichter können gewöhnlich keine Stücke schreiben. Oder dann heißen sie gleich *Goethe*, *Strindberg* oder *Hauptmann*.

Bei Bowlen weiß man nie, wann man von ihnen genug hat. Darin unterscheiden sie sich von den Dichtern, bei denen man das ganz genau weiß.

Der Wert der Kleidung eines Stückeschreibers steht im umgekehrten Verhältnis zur Güte seiner Stücke. Ich war stets *sehr* gut gekleidet.

Ohne Phantasie gäbe es keine Verbrecher und keine Dichter. Auch die Dichter sollte man hängen. Zum Glück hat man ihre Gedanken stets schon anderswo gelesen und ist gewissermaßen vorbereitet.

Nichts ist gefährlicher für einen Humoristen, als wenn er bedeutend wird und genauso langweilig wie die andern.

Der Humorist, der sich ernst nimmt, hat kein Recht, sich über die andern lustig zu machen.

Erfolg macht bescheiden.

Es ist nicht besonders geistreich Geist zu zeigen, wenn man welchen hat. Mit dem Geist steht es wie mit dem Können. Es gehört Takt dazu etwas zu können, und es nicht immerfort zu zeigen. Eine Erkenntnis, die sich bei den Trägern der jüngeren Literatur mehr und mehr durchzusetzen beginnt.

Der Autor, der sich über sich selbst lustig macht, nimmt uns die Möglichkeit uns über ihn lustig zu machen. Deshalb müssen wir ihn ernst nehmen.

Theater

Es ist genauso schwer, eine Komödie zu schreiben wie ein Trauerspiel – nur ein biß-chen schwerer.

Der Komödienschreiber wird in dem Maße zum Dichter, je weniger er verrät, daß er lehrt. Ja, wenn das Publikum erst zu Hause über-rascht entdeckt, daß es nicht nür gelacht, sondern etwas gelernt hat — das ist dann ganz richtig.

In modernen Theaterstücken kann man die Schönheiten eines so gewaltigen Werkes das erste Mal gar nicht erfassen. Und zum zweiten Mal sieht man sich so etwas nicht an.

Wenn ich ins Theater gehe, dann will ich lachen oder weinen. Und wenn ich dann nach Hause gehe, dann will ich mich nicht genieren müssen, daß ich gelacht oder geweint habe.

Es ist ein Irrtum zu glauben, das Publikum wünsche in ernsten Zeiten ernste Stücke. Es wünscht lustige Stücke, genau wie in heiteren Zeiten.

Merkt man die Lehre, wird sie zur Leere.

Wer seine Eitelkeit nicht wenigstens verbergen kann, hat schon verloren.

Glücklichsein ist kein Stoff für ein Theaterstück. Die Leute würden sagen: Das ist Theater!

Ob ich wirklich so gut bin, wie die Kritik die Güte hat es jetzt zu schreiben? Wie gut werde ich erst einmal gewesen sein!

Kunst

Die Kunst ist eine undankbare Person! Erst läuft man sich die Absätze schief hinter ihr, und dann läßt sie einen laufen! Mit den schiefen Absätzen.

Um als Künstler leben zu können, muß man erst einmal tot sein.

Talent *kann* – Genie *muß!*

Glück ist Harmonie. Harmonie ist Kunst.

Ein Arzt, der kein Künstler ist, ist auch kein Arzt.

Publikum

Das Publikum ist gütig. Es lacht sogar an Stellen, wo es gar nichts zu lachen gibt.

In modernen Stücken kann ich mich oft eines Eindruckes nicht erwehren: wenn das Publikum nicht richtig gelangweilt ist, fühlt es sich auch nicht richtig erbaut.

Jedes Publikum kriegt die Vorstellung, die es verdient.

Es gibt nur etwas, das das Publikum lieber hat als ernste Stücke, das sind lustige Stücke.

Liebe

Ob die Liebe ein Glück ist? Jedenfalls ist sie das charmanteste Unglück, das uns zustoßen kann.

Ist es nicht ein bißchen traurig, daß man sich heutzutage genieren würde zuzugeben, daß man verliebt ist? Das einzige, was das Leben lebenswert macht, belächelt man.

Was muß eine Frau Besonderes haben, um einen Mann auf die Dauer zu fesseln? Sie muß das Besondere haben, was jede Frau haben muß, die einen Mann auf die Dauer fesseln will. Sie muß das Besondere haben, daß der Mann sie liebt.

Die Lust ist eine Erfindung der Schöpfung zur Erhaltung der Art. Sie gehorcht Gesetzen, die oft mit den Gesetzen in Widerspruch stehen. Aber im Ernstfalle siegt der Schöpfer.

Schülerliebe ist die schönste, weil sie die reinste ist. Es gibt Fälle, wo diese Liebe nicht ganz rein bleibt, das sind dann die *ganz* schönen Fälle.

Es kommt nicht darauf an, was eine Frau ist! Was der Geliebte in sie hineindichtet, darauf kommt es an!

Jeder Mann liebt nur einmal. Und zwar zwischen zwölf und fünfzehn. Später bildet er es sich nur noch hin und wieder ein. Wenn die Linie des Halses, ein Augenaufschlag, lange Wimpern ihn an die Gespielin erinnern. Zum Schluß heiratet er dann eine wildfremde Person, die garnichts von alledem hat, und mit der er dann auch nichts anzufangen weiß.

Wenn es etwas gibt, das süßer ist als ein Traum von der geliebten Frau, so ist es die Gewißheit, daß es kein Traum war.

Keine Frau leidet unter der Eifersucht des Mannes, den sie liebt.

Frauen

Die Frauen sind das Beste in dieser Art.

Als Gott die Frauen erschuf, soll er gelächelt haben.

Die Frau ist wie ein Löschblatt. Sie nimmt alles auf — und gibt es verkehrt wieder.

Vertrauen kann man nur einer Frau, mit der man sonst nichts anfangen kann.

Der Reiz des architektonischen Unterschiedes zwischen Mann und Frau beruht auf Gegenseitigkeit.

Ein Mann sollte seine Frau nie auf die Probe stellen. Es wäre immerhin möglich, daß sie die Probe besteht. Dann büßt sie den letzten erotischen Nimbus ein, den sie möglicherweise bei ihrem Mann noch hat.

Im Augenblick, wo der Mann heiratet, fordert er alle übrigen Frauen heraus. Und das soll man nicht.

Sollte ein Mann in die Versuchung kommen, einen 300 PS heiraten zu wollen, darf er nicht vergessen, daß er die dazugehörige Frau nicht in die Garage stellen oder leer laufen lassen kann.

Beherrscht man sich einer Frau gegenüber, so hat man zwei Chancen: eine kleine, daß sie es anerkennt, und eine große, daß sie einen für einen Trottel hält. Wenn man sich aber *nicht* beherrscht, hat man auch zwei Chancen: eine kleine, daß sie es übel nimmt, und eine große, daß sie es *nicht* übel nimmt.

Eine Frau wird sich lieber vom Geist eines Mannes gefangennehmen lassen als von seinem Körper. Schön ist sie selber.

Es gibt viele Frauen, die glücklich *verheiratet* sind, aber wenige, die *glücklich* verheiratet sind.

Die meisten Frauen halten die Männer nur in ihren Armen, aber sie legen sie nicht an ihr Herz.

Wer eine Frau vorher fragt, ist ein Flegel, denn wenn sie gefragt wird, muß sie »nein« sagen. Roher Gewalt gegenüber aber ist sie machtlos — das arme Hascherl!

Wenn eine reizlose Frau Bereitwilligkeit zeigt, ist dies geschmacklos. Bei einer schönen Frau ist es charmant. Sie verschenkt etwas.

Eine Frau soll man nicht beschwindeln. Es sei denn, man ist ganz sicher, daß es nicht an den Tag kommt.

Es hat einen eigenen Reiz, wenn eine auffallend schöne Frau einen auffallend häßlichen Mann hat. Und hin und wieder einen weniger auffallend häßlichen. Aber auf die Dauer sind schöne Männer langweilig. Und deshalb braucht eine schöne Frau zwei Männer: einen, den sie liebt und bei dem sie zu Hause ist, und einen, bei dem sie hin und wieder zu Hause ist.

Die Ehe ist etwas für reiche Leute, die sich alles leisten können, oder für arme Leute, die sich sonst nichts leisten können. Aber sie ist auch etwas für reiche *und* arme Leute: eine Überraschung.

Die Ehe ist wie eine Kur. Die gute Wirkung spürt man erst, wenn man sie hinter sich hat.

Man soll nicht neugierig sein! Frauenkenner enden im Kloster.

Ich wette, daß das Jüngste Gericht verlegt werden muß, weil sich die Frauen verspäten.

Auch der klügsten Frau ist es nicht zuträglich, wenn sie zu viel Schmeichelhaftes über sich erfährt.

Die Frauen sind so schlecht aufeinander zu sprechen, weil sie sich kennen.

Wie doch der Mann verliert, wenn seine Frau auftritt!

Frauen sind wie Streichhölzer: Reibt man zu wenig, zünden sie nicht, reibt man zu viel, verbrennt man sich die Finger.

Was die Frauen betrifft: Man leidet bis man sie
kriegt, man leidet wenn man sie hat, und man
leidet, wenn man sie wieder los ist.

Ich habe die Frauen viel zu lieb, als daß ich sie
heiraten möchte.

...*sagte*...

»Was wir wirklich gebraucht hätten«, sagte mein Vater, als ich geboren war, »wäre eine Kommode fürs Wohnzimmer gewesen.«

»Wenn es wahr ist, daß Haare Geld bedeuten«, sagte mein Großvater, »will ich gern aussehen wie eine Schlittendecke.«

»Die Welt ist voller Rätsel«, meinte mein Patenonkel, als er einen Floh in seinem Gebetbuch fand.

»Das Kamel«, sagte mein Lehrer, »wächst bis zu seinem zehnten Lebensjahre, dann wird es immer dümmer.«

»Man soll die Kastanien nicht mit dem Feuer im Bade ausgießen«, sagte Tante Klärchen, als sie meiner Mutter mein Zeugnis zeigte.

»Fasse dich«, sagte meine Mutter zu meinem Vater. »Ich fasse mich seit Jahren«, erwiderte mein Vater, »meistens an den Kopf.«

»Es kommt manchmal anders als man denkt«, sagte Seine Eminenz, mein Onkel, als er mit seinem Bette zusammenbrach.

»Erfolge«, pflegte Tante Klärchen zu sagen, »Erfolge werden oft teuer belegt.«

»Das Weib soll dem Manne untertan sein«, sagte meine Mutter, die stets die Ansicht meines Vaters teilte. Mit Ausnahme der Fälle, wo sie anderer Ansicht war.

»Und wenn auch die Jahre verrinnen«, sagte Tante Klärchen, »der Apfel fällt doch wieder ins Nest.«

»Der Igel ist keine Puderquaste«, meinte Seine Eminenz, mein Onkel.

»Wenn man nicht ab und zu mal ins Wochenbett käme«, sagte Tante Wittich als sie gerade dabei war ihrem zwölften Kinde das Leben zu geben, »hätte man gar keine Erholung.«

»Ich habe keine Kinder«, sagte Graf Dingel-
städt, der Bruder meiner Urgroßmutter, »aber
mich tröstet der Gedanke, daß das manchmal
eine Generation überspringt.«

»Oft wird dem Menschen eine wahre Lust«,
philosophierte Tante Klärchen, »durch viel Ver-
druß, mit schmerzlichem Verlust, unbewußt.«

»Jeder ist anders albern«, sagte Seine Eminenz,
mein Onkel, als er einem hübschen Mädchen
in der Beichte nichts zu verzeihen hatte.

»Mach doch kein solches Gesicht«, sagte mein
Freund! »Wenn ich Gesichter machen könnte«,
antwortete ich, »hättest du ein anderes.«

»Regen Sie sich nicht auf«, sagte mein Arzt. »*Ich* rege mich nie auf«, erwiderte ich, »die *andern* regen mich auf.«

»Bitte, gnädige Frau«, sagte ich und küßte ihr dabei artig die Hand, »machen Sie sich meinetwegen um Gotteswillen keine anderen Umstände.«

»Wie könnte ich je heiraten«, sagte ich mir. »Ich muß Vertrauen zu einer Frau haben. Und eine Frau, die mich nimmt, zu der kann ich kein Vertrauen haben.«

»Mit Ausnahme meiner Frau«, sagte mein Freund, »habe ich keine Feinde.«

»Ursprünglich hätte er ein Zwilling werden sollen«, sagte unser Lehrer. »Ein Einzelner kann unmöglich so dumm sein.«

»Du gehörst ins Bett«, sagte meine Freundin, »und zwar in meines.«

Einfälle

Es war so heiß, daß die Bäume den Hunden nachliefen.

Es war so still, daß man eine Fliege ihre Fühler putzen hörte.

Mir wurde so leer im Innern, wie einer Taube, die ausgenommen wird.

Hundertprozentige Gesundheit ist eine Stoffwechselerkrankung.

Seine Bescheidenheit war das einzig Unbescheidene an ihm.

Sie war offen wie eine Wirtshaustür.

Ich kannte einen, der einem Affen ähnlicher
sah als die meisten Affen Affen ähnlich sehen.

Irren ist ärztlich.

Er eignet sich für seinen Beruf wie ein Igel
zum . . . Handtuch.

Er stotterte sogar beim Zuhören.

Er ging ab wie ein geöltes Telegramm.

Logik

Aus der Schule wissen wir, daß die kürzeste Verbindung zwischen zwei Punkten die Gerade ist. Und aus dem Leben wissen wir, daß man auf Umwegen schneller ans Ziel kommt. Warum sollte man also den geraden Weg wählen, wo es so viele bequeme Umwege gibt?

Die Logik eines fünfjährigen Mädchens ist zwingend. Aber das verschiebt sich mit den Jahren, denn wenn sie eine Dame geworden sein wird, braucht sie keine Logik mehr. — Glaubt sie!

Wenn ich mir etwas ein-bilde, so »bildet« sich etwas in mir.

Wenn ich die Wahrheit sagen sollte, müßte ich lügen.

Wer nichts hat, kann nichts verlieren. Und wer nichts zu verlieren hat, wird es selten zu etwas bringen.

Mädchen und Mausefallen sollten ihren Opfern nicht entgegenkommen.

Die Sünde, die man begeht und bereut, und wieder begeht und wieder bereut, ist wie ein Hund, den man straft und streichelt und wieder straft und wieder streichelt. Er wird immer treuer.

Ein junges Mädchen soll man nicht allein lassen. Es kommt dabei leicht auf Gedanken. Mögen diese nun dumm oder gescheit sein, sie sind ungesund und verderben den Teint. Deshalb sollten die Mädchen sie den Männern überlassen, die sie ohnedies nötig haben.

Einer Versuchung nachgeben, ist das beste Mittel, ihrer Herr zu werden.

Die Furcht vor dem Tode ist unvernünftig, denn solange wir leben, ist er noch nicht da, und wenn er endlich kommt, sind wir schon weg.

Gedanken

Über der Sorge um die Zukunft versäumen wir die Gegenwart. Das wird uns in der Zukunft einmal gegenwärtig sein.

Nichts in dieser Welt ist so schmutzig wie eine schmutzige Phantasie es machen kann. Oder eine zu moralische. Wie man es nennen will.

Manche Leute sind nicht gesund, wenn sie nicht krank sind.

Schamvolles Erröten ist die einzige europäische Erfindung, die Amerika nicht nachmachen kann.

Die meisten Menschen leben nicht ihr Leben, sondern das anderer, über das sie sich so aufregen, daß sie ihr Leben zu leben vergessen.

Jeder Schritt vorwärts ist ein Schritt näher zum Grabe. Jeder Schritt rückwärts, zwei.

Es schickt sich nicht, in Gegenwart Dritter Zärtlichkeiten zu üben. Entweder sind sie echt, so leidet der Dritte, oder es ist Heuchelei, so die Beteiligten. Meistens die Beteiligten.

Eine Gelegenheit, den Mund zu halten, sollte man nie vorübergehen lassen.

Anständigkeit ist etwas sehr Schönes, solange sie nicht ausartet.

Wenn die Jugend das schönste Alter sein soll, so ist das zumindest paradox.

Die größte Schuld ist, sich ihrer nicht bewußt zu werden.

Es gibt keine Ungläubigen, es gibt nur Andersgläubige.

Faulheit ist die Mutter aller Erfindungen.

Frohsinn gibt. Leichtsinn nimmt.

Takt ist die Fähigkeit, einem anderen auf die Beine zu helfen, ohne ihm dabei auf die Zehen zu treten.

Es gibt keine Leute, die nichts erleben, es gibt nur Leute, die nichts davon merken.

Jungens spielen mit Soldaten, Mädchen mit Puppen. Die Jahre verkehren das ins Gegenteil.

Die Welt ist nicht mehr die alte, aber auch im Himmel soll nicht mehr alles so sein wie früher.

Die Arbeit, die man liegen läßt, kann nie eine vergebliche gewesen sein.

Die meisten Männer über vierzig sind entweder Junggesellen oder verheiratet.

Manchem, der einen Schritt zurücktritt, um sich selber zu betrachten, geht es wie dem Plakatmaler auf dem Sims eines Wolkenkratzers, der dasselbe tat, um sein Werk zu begutachten: Er fiel aus allen Wolken.

Ein probates Mittel dem Verlieren im Spiel zu entgehen ist, — nicht zu spielen.

Wie schön wäre die Welt, wenn jeder nur die Hälfte von dem täte, was er von anderen verlangt!

Um Leute, die in der Jugend nichts ausfressen, muß man sich sorgen! Womit füllen sie ihr Alter aus, wenn sie nichts zu bereuen haben?

Wie kann ein Mensch wahrhaft bleiben, der täglich lächeln muß, wo es nichts zu lachen gibt.

Überlegen *macht* überlegen.